Cuenta conmigo

MONTAÑA
ENCANTADA

Shirley Barber

Cuenta conmigo

everest

UNO

¡VEN Y CUENTA CONMIGO!

YO PUEDO VER
1 GATITO
PEDALEANDO
EN SU TRICICLO.

1

¿Y TÚ?
¿1 CARACOL PUEDES
CONTAR?

¡AHORA VAMOS A CONTAR HASTA **DOS**!

CUENTO **2** DRAGONES
DE MADERA.

2

¿PUEDES **2** OSITOS VER?
¿QUIZÁS **2** TIGRES
TAMBIÉN?

¿PUEDES CONTAR **2**
DE ALGO MÁS?

¡CUENTA CONMIGO HASTA **TRES**!

3 CONEJITOS YO CUENTO
QUE ESTÁN LA ROPA TENDIENDO.

3

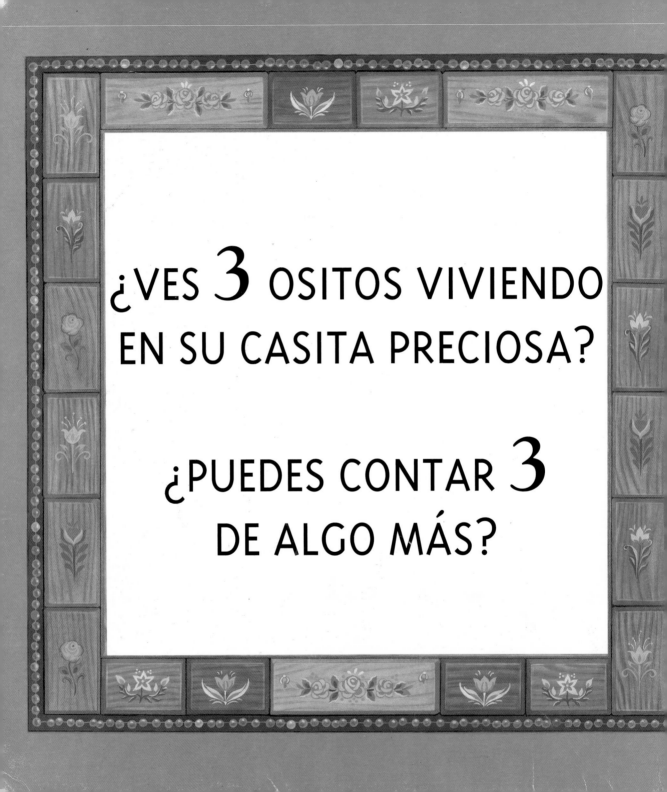

¿VES **3** OSITOS VIVIENDO EN SU CASITA PRECIOSA?

¿PUEDES CONTAR **3** DE ALGO MÁS?

¡CUENTA CONMIGO HASTA **CUATRO**!

VEO **4** COFRES DEL TESORO
LLENOS DE JOYAS Y ORO.

4

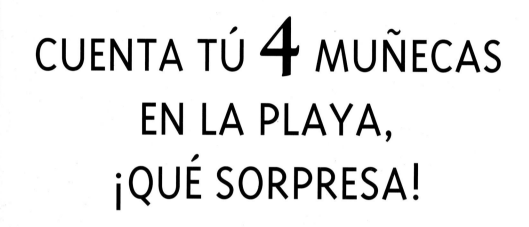

CUENTA TÚ **4** MUÑECAS
EN LA PLAYA,
¡QUÉ SORPRESA!

¿PUEDES CONTAR **4**
DE ALGO MÁS?

¡CUENTA CONMIGO HASTA **CINCO**!

VEO **5** MARIPOSAS
VOLANDO SOBRE
LA FUENTE...

5

¿... O QUIZÁS SON **5** HADAS
QUE PARECE QUE FLORECEN?

¿PUEDES CONTAR **5**
DE ALGO MÁS?

¡CUENTA CONMIGO HASTA **SEIS**!

HAY **6** PÁJAROS AZULES…

6

... Y **6** DUENDES DE
LOS BOSQUES
QUE SE ESCONDEN.

¿PUEDES CONTAR **6**
DE ALGO MÁS?

¡CUENTA CONMIGO HASTA **SIETE**!

CUENTO Y CUENTO
7 ABEJAS,
ABEJAS DE
LAS PEQUEÑAS…

7

... Y **7** TIERNOS PERRITOS, QUE SON **7** CACHORRITOS.

¿PUEDES CONTAR **7** DE ALGO MÁS?

¡CUENTA CONMIGO HASTA **OCHO**!

8 RATONES
A PUNTO DE ATERRIZAR

8

Y **8** AVIONES QUE VUELAN
SIN PARAR.

¿PUEDES CONTAR **8**
DE ALGO MÁS?

¡CUENTA CONMIGO HASTA **NUEVE**!

9 CASITAS YO CUENTO

9

Y **9** GATOS JUGANDO,
¡QUÉ BIEN SE LO
ESTÁN PASANDO!

¿PUEDES CONTAR **9**
DE ALGO MÁS?

¡AHORA, VEAMOS SI PUEDES CONTAR DE UN TIRÓN HASTA **DIEZ**!

¿CUÁNTOS PATITOS PUEDES CONTAR ENTRE LAS FLORES DE ESTE LUGAR?

¿PUEDES CONTAR 10 DE ALGO MÁS?

Dirección editorial: Raquel López Varela
Coordinación editorial: Ana María García Alonso
Maquetación: Cristina A. Rejas Manzanera
Título original: *Count with Me!*
Traducción: Lourdes Huanqui
Diseño de cubierta: Jesús Cruz

First Published by The Five Mile Press Pty Ltd, 1998
Original Australian English title, *Count with Me!*
Text and Illustrations © Shirley Barber
All rights reserved
© EDITORIAL EVEREST, S. A.
Carretera León-La Coruña, km 5 - LEÓN
ISBN: 978-84-241-1308-7
Depósito legal: LE.417-2007
Printed in Spain - Impreso en España
EDITORIAL EVERGRÁFICAS, S. L.
Carretera León-La Coruña, km 5
LEÓN (España)
Atención al cliente: 902 123 400
www.everest.es